SAPERLI popette

Le dragon Céladon

Conte illustré par
Marie-Anne Bonneterre

Maquette intérieure : Hélène Lemaire

HATIER
ISBN 2 218 74232 2

Loi 49-956 du 16 juillet 1949 sur les publications destinées à la jeunesse.

Il était une fois, par delà les terres et les mers, un prince dragon nommé Céladon qui vivait seul dans son grand château, au milieu de mille et mille richesses.

Il avait toujours sur lui une bague de lune,
un beau collier de soleil et une écharpe
de plumes tissée d'or fin.
Mais le plus merveilleux de ses bijoux,
c'était le diamant d'étoile qui brillait
sur son front.

À ce diamant on prêtait des pouvoirs magiques, mais quels pouvoirs ?

Personne n'aurait su le dire.

Personne ne pouvait deviner la triste réalité que le dragon Céladon cachait soigneusement : il était aveugle et ne pouvait rien voir sans le secours du précieux diamant d'étoile.

Or, un jour que le dragon était si malheureux, l'Oiseau de nuit entra par la fenêtre et se traîna jusqu'à lui.
« Dragon Céladon, dit-il, je reviens d'un long voyage et voudrais bien me reposer, je suis si fatigué... »

Le dragon caressa l'Oiseau de nuit et lui tendit quelques graines. Mais dès qu'il eut picoré la première graine, l'Oiseau de nuit se transforma en un bel Oiseau de lumière.

« Dragon Céladon, pour te remercier, je vais te dire un secret : le Géant-sorti-de-terre vient d'enlever la princesse Élodia et il la tient prisonnière au château des Clartés, tout en haut d'une montagne, à trois cents lieues d'ici. Dragon Céladon, il faut aller délivrer la princesse, et toi seul peux le faire ! Vite, va vite, Céladon, va !... »

Et l'Oiseau s'envola dans un trait de lumière.

Le dragon n'hésita pas un instant. Tout au désir de sauver la petite princesse, il se redressa plein d'une force neuve et se mit en route.

Il marcha, marcha longtemps, quand, tout à coup, une large rivière lui barra le chemin.
Il voulut la traverser mais les eaux se mirent à bouillonner et une voix clapotante gronda :
« Clapoti clapota, Dragon,
tu ne passeras pas ! »

Le dragon Céladon cracha une pluie de feu.
« Clapoti clapota, Dragon,
tu ne passeras pas ! » reprit la voix de plus en plus grondante.

Alors le dragon se calma et dit :
« Donnant donnant, Rivière, si tu me laisses passer, que veux-tu en échange ?
– Je veux ta bague de lune ! »
Sitôt fait, le dragon jeta sa bague de lune dans l'eau de la rivière qui, aussitôt, se calma.

Puis il reprit sa route. Il marcha, marcha longtemps.
Tout à coup, une immense barrière de feu se dressa devant lui, et une voix crépitante siffla :
« Crépiti crépita, Dragon, tu ne passeras pas ! »

Le dragon Céladon cracha une pluie de grêle.
« Crépiti crépita, Dragon, tu ne passeras pas ! » reprit la voix de plus en plus sifflante.

Alors le dragon Céladon se calma et dit :
« Donnant donnant, le Feu, si tu me laisses passer, que veux-tu en échange ?
– Je veux ton collier de soleil ! »
Sitôt fait, le dragon jeta le collier de soleil dans la barrière de feu qui, aussitôt, disparut.

Puis il reprit sa route. Il marcha, marcha longtemps, quand il se trouva pris dans une formidable tempête de vent.
Une voix tourbillonnante hurla :
« Tourbillonni tourbillonna...
Dragon, tu ne passeras pas ! »

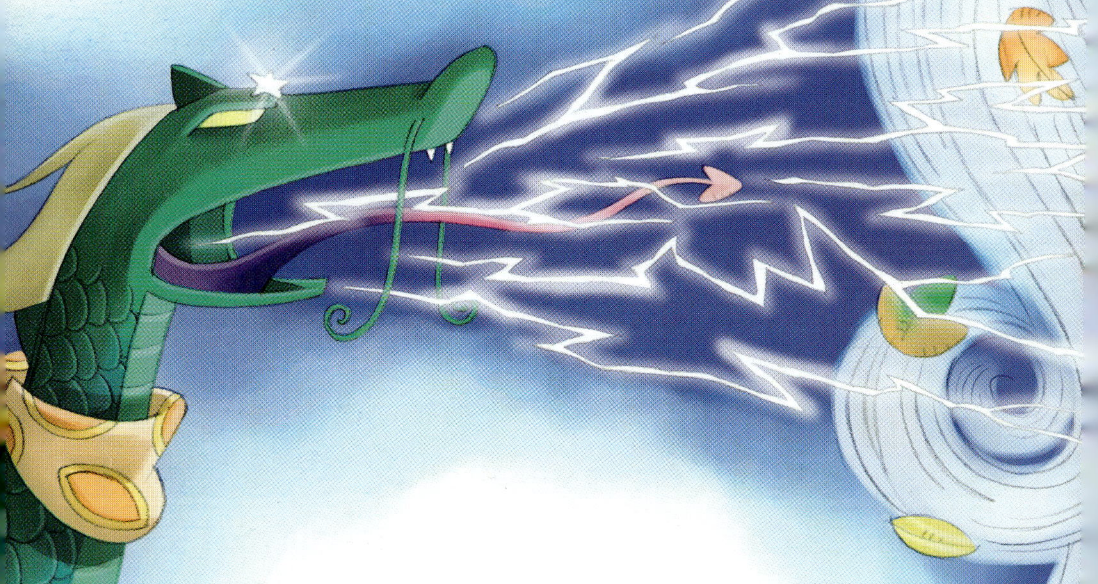

Le dragon Céladon cracha une pluie d'éclairs.
« Tourbillonni tourbillonna, Dragon, tu ne passeras pas ! » reprit la voix de plus en plus hurlante.

Alors le dragon se calma et dit :
« Donnant donnant, le Vent, si tu me laisses passer, que veux-tu en échange ?
– Je veux ton écharpe de plumes tissée d'or fin ! »
Sitôt fait, le dragon jeta son écharpe de plumes tissée d'or fin dans la tempête qui, aussitôt, s'éloigna.

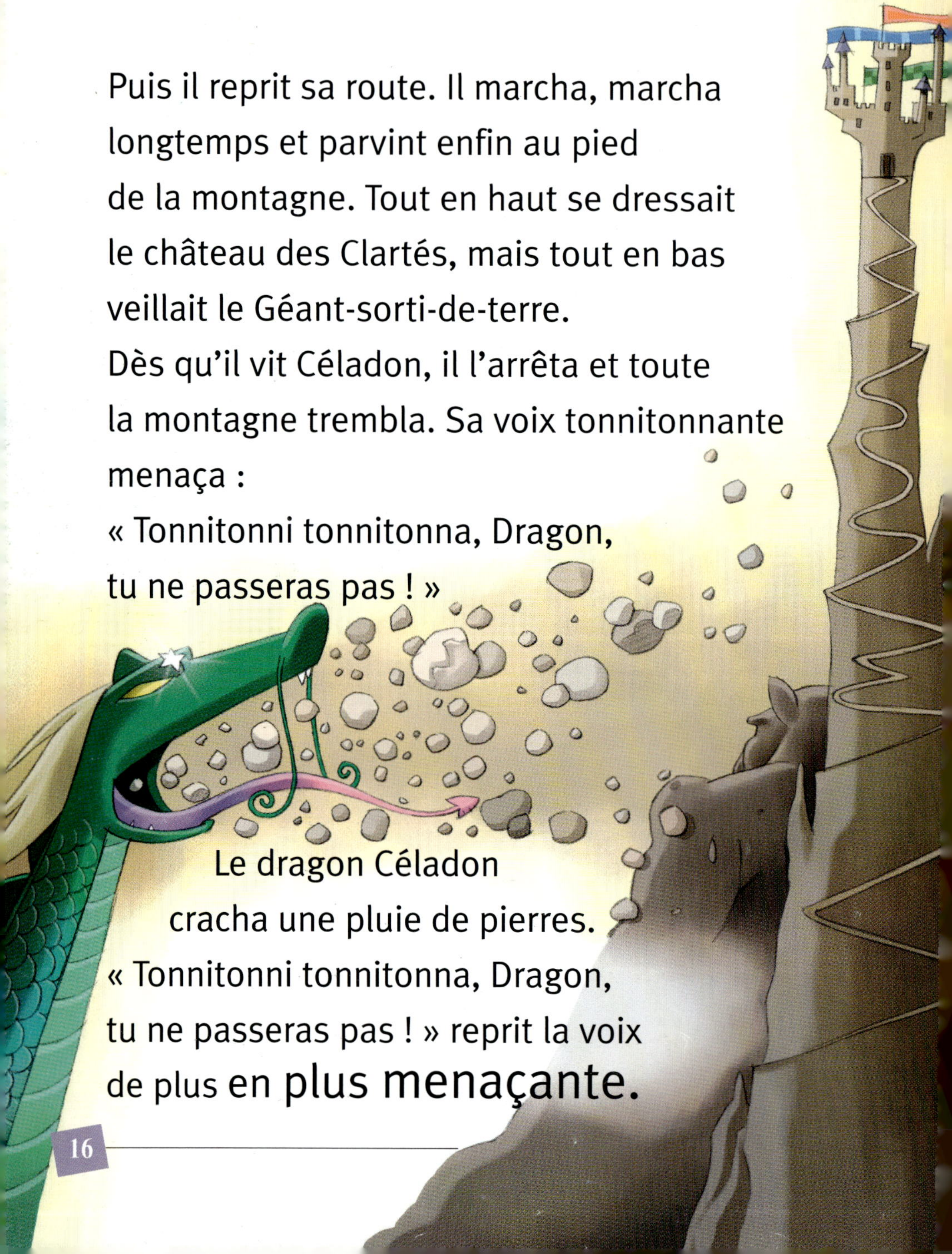

Puis il reprit sa route. Il marcha, marcha longtemps et parvint enfin au pied de la montagne. Tout en haut se dressait le château des Clartés, mais tout en bas veillait le Géant-sorti-de-terre.
Dès qu'il vit Céladon, il l'arrêta et toute la montagne trembla. Sa voix tonnitonnante menaça :
« Tonnitonni tonnitonna, Dragon,
tu ne passeras pas ! »

Le dragon Céladon
cracha une pluie de pierres.
« Tonnitonni tonnitonna, Dragon,
tu ne passeras pas ! » reprit la voix
de plus en plus menaçante.

Alors le dragon se calma et dit :
« Donnant donnant, Géant-sorti-de-terre, si tu me laisses passer, que veux-tu en échange ?
– Je veux... ton diamant d'étoile ! »
Sitôt fait, le dragon détacha de son front le précieux diamant d'étoile et il le déposa aux pieds du géant qui, aussitôt, disparut...

Pauvre désormais, et surtout privé du précieux diamant qui remplaçait ses yeux, le dragon Céladon se sentit désespéré. Mais la pensée de la petite princesse prisonnière réchauffa son cœur, et il attaqua courageusement la pente raide de la montagne qui ne tremblait plus. Hélas ! Dans la nuit de ses yeux, il cherchait à grand'peine son chemin, titubant, tâtonnant ici et là, s'accrochant aux ronces qui le griffaient, aux rochers qui l'écorchaient.

Mais il se rendait compte, malgré tout, qu'il avançait dans la bonne direction car le sentier ne cessait de monter et la brise lui apportait les échos d'un chant lointain, très doux. La voix d'Élodia sans doute…
L'espoir lui revint, il accéléra le pas… mais brusquement il trébucha sur un caillou et s'effondra dans la poussière. À bout de forces, incapable de se relever, il pleura…

C’est alors que l’Oiseau de lumière apparut dans le ciel et descendit vers lui :
« Ne crains rien, Dragon Céladon, je m’occupe de toi... »
L’Oiseau emporta doucement le dragon blessé jusqu’au château des Clartés où l’attendait Élodia prisonnière.

La petite princesse accourut vers le malheureux, elle se pencha sur lui, caressa son front brûlant, essuya ses larmes et posa un baiser sur ses yeux.

Aussitôt, dans un bouquet de feux d'artifice, le dragon Céladon se transforma en un beau prince aux yeux pétillants de vie.

Il prit la main d'Élodia :
« Oh ! Ma jolie princesse, ton baiser m'a sauvé et c'est toi la première que je puis voir de mes yeux guéris. J'étais condamné par une sorcière à vivre en aveugle sous la forme d'un dragon. Seul l'amour d'une jeune fille pouvait m'en délivrer. Merci ma princesse !

– À toi aussi, mon beau prince, je sais ce que tu as fait et donné pour venir me libérer, l'Oiseau de lumière m'a tout conté. »

Élodia et Céladon se marièrent quelques jours plus tard et ils vécurent heureux au château des Clartés.

Clapoti clapota,
crépiti crépita,
tourbillonni tourbillonna,
tonnitonni tonnitonna.

Mon conte finit là !

Achevé d'imprimer en France par CLERC S.A. - 18200 Saint-Amand-Montrond
Dépôt légal n° 35786 - Juin 2003